This Book belongs to

Les éditions de la courte échelle inc.

Jacques Savoie

Jacques Savoie est né en 1951, à Edmundston, au Nouveau-Brunswick. En 1972, il fonde avec des amis le groupe de musique traditionnelle Beausoleil Broussard qui connaît un succès immédiat. Depuis 1980, Jacques Savoie a écrit cinq romans, dont *Les Portes tournantes*, porté à l'écran par le réalisateur Francis Mankiewicz, et, récemment, *Le cirque bleu*, publié à la courte échelle dans la collection pour adultes 16/96. Depuis quelques années, il travaille surtout comme scénariste. On lui doit, entre autres, les textes de la minisérie *Bombardier* pour laquelle il a obtenu un prix Gémeaux en 1992.

Comme le capitaine Santerre, Jacques Savoie a beaucoup voyagé. Il adore découvrir de nouveaux univers. Et s'il aime écrire et raconter des histoires, c'est sûrement pour le plaisir de nous amener faire un voyage dans son petit monde inventé. *Les fleurs du capitaine* est le troisième roman jeunesse qu'il publie à la courte échelle.

Geneviève Côté

Geneviève Côté a toujours dessiné. Déjà, à quatre ans, elle s'inventait des histoires pour le simple plaisir de les illustrer. Décidant d'en faire son métier, elle a étudié le design graphique à l'Université Concordia, à Montréal.

Aujourd'hui, on peut voir ses illustrations dans plusieurs journaux et magazines, comme *La Presse*, *L'actualité* et *Châtelaine*. Depuis le début de sa carrière, elle a reçu plusieurs prix dont, en 1993, le Grand prix d'illustration de l'Association québécoise des éditeurs de magazines, ainsi que la médaille d'or du Studio Magazine. Quand elle ne dessine pas, Geneviève adore lire et se promener à vélo.

Les fleurs du capitaine est le troisième roman qu'elle illustre à la courte échelle.

Du même auteur, à la courte échelle

Collection Roman Jeunesse
Toute la beauté du monde
Une ville imaginaire

Jacques Savoie

LES FLEURS DU CAPITAINE

Illustrations
de Geneviève Côté

la courte échelle
Les éditions de la courte échelle inc.

Les éditions de la courte échelle inc.
5243, boul. Saint-Laurent
Montréal (Québec) H2T 1S4

Conception graphique:
Derome design inc.

Révision des textes:
Andrée Laprise

Dépôt légal, 2e trimestre 1996
Bibliothèque nationale du Québec

Données de catalogage avant publication (Canada)

Savoie, Jacques

    Les fleurs du capitaine

    (Roman Jeunesse; RJ 59)

    ISBN 2-89021-263-7

    I. Côté, Geneviève. II. Titre. III. Collection.

PS8587.A388F54   1996   jC843'.54   C95-940091-8
PS9587.A388F54   1996
PZ23.S29Fl   1996

À Pascale

Chapitre I
Sages
comme des images

C'était un samedi comme les autres. Assise au bout du comptoir, Dominique, ma mère, gribouillait sur une feuille. Plus loin, Jean-Philippe fouillait dans son portefeuille:

— Caroline, on va faire les courses. Ce ne sera pas très long. Tu veux bien surveiller Adèle et Charlie?

Je n'avais pas l'habitude de rouspéter. C'était une tradition chez nous: les courses se faisaient le samedi matin. Mais ces derniers temps, Charlie et Adèle avaient tellement fait de grabuge! Les garder, même quelques heures, était devenu dangereux.

— Leur as-tu parlé? ai-je demandé à Dominique.

— Ne t'en fais pas! m'a lancé Jean-Philippe. Ils sont avertis. S'ils recommencent leurs bêtises, ça ira très, très mal!

Complice, ma mère m'a passé une main sur l'épaule en repliant tranquillement sa liste pour la glisser dans son sac.

— Nous reviendrons dans une heure.

— Je ne veux plus faire la police avec eux. J'en ai assez.

Elle hochait la tête, cherchant à me rassurer.

— Ils seront sages comme des images. Tu verras.

Loin d'être convaincue, j'ai accompagné mes parents jusqu'à la voiture. Ils m'ont répété que tout se passerait bien et ils sont partis. Tout était étrangement calme dans la maison. Un silence suspect, quand on connaît mon demi-frère et ma soeur.

Je suis d'abord passée par la chambre d'Adèle et j'en ai eu pour mon argent! La petite transvasait de la peinture bleue au-dessus de la couverture blanche de son lit. La gouache débordait de tous les côtés. Un dégât épouvantable.

— Qu'est-ce que tu fais là? ai-je demandé.

— Un chef-d'oeuvre! Attends de voir!

Elle s'essuyait les mains sur sa robe. Il y en avait partout! J'étais sur le point de hurler, quand j'ai entendu un étrange bip-bip provenant du bureau de Jean-Philippe.

C'était Charlie, j'en aurais mis ma main au feu! Je me précipitai à toutes jambes:

— Tu as demandé à ton père la permission d'utiliser son ordinateur? ai-je lancé en entrant dans la pièce.

— N... oui, m'a-t-il répondu.

Il suffit que Jean-Philippe ait le dos tourné pour que Charlie se jette sur l'appareil.

— La dernière fois, tu as effacé plein de fichiers. Ça fait toujours des histoires.

— Tu n'es pas obligée de le leur dire! m'a-t-il répondu. Viens voir, je suis sur Inter-Réseau!

Adèle marchait derrière moi dans le corridor. Elle tenait son pot de peinture à bout de bras. Une longue traînée de gouache engluait déjà le parquet du couloir!

— C'est beaucoup de travail, faire des chefs-d'oeuvre! Mais il ne faut pas se décourager!

Entre Charlie, sur le point de disparaître dans Inter-Réseau, et Adèle qui repeignait le plancher, je ne savais plus où donner de la tête.

— Fais attention! Tu en mets partout! lui ai-je crié.

— Ce n'est rien, ce n'est rien, disait-elle calmement. Picasso aussi, quand il avait trop de peinture dans ses pots, il s'en débarrassait.

Je l'ai finalement rattrapée dans les toilettes. Le sourire espiègle, elle avait déjà versé la moitié de sa gouache dans le lavabo.

— Et tu crois que je vais nettoyer ça? lui ai-je fait remarquer en pointant du doigt le plancher du corridor.

La tête de Charlie était apparue dans la porte du bureau. Amusé, il regardait les taches de peinture bleue.

— Ça suffit! Je ne suis pas la servante ici!

— Mais c'est très beau, un plancher bleu, assurait Adèle en brandissant son pinceau. Je vais l'étendre un peu!

Charlie était plié en deux, Adèle allait s'y mettre et j'ai fait une crise. J'en avais assez de ces deux petits diables! Assez de ramasser leurs dégâts et de faire la police!

— Vous riez! Eh bien, tant pis! Vous vous arrangerez avec Jean-Philippe et Dominique. Moi, je démissionne!

Jusque-là, mes menaces avaient eu un certain effet. Mais quand j'ai traversé le corridor en cognant du talon et que j'ai mis le pied dans une flaque de peinture, les choses se sont sérieusement gâtées. Un vol plané plus ou moins réussi, suivi d'un atterrissage brutal. Et vlan!

J'avais les quatre fers en l'air, de la peinture plein ma robe et, surtout, j'étais la risée de Charlie et d'Adèle.

Chapitre II
La disparition
de Caroline

Nous n'aurions pas dû rire, lorsque Caroline est tombée. Dans une colère épouvantable, elle est partie, nous laissant seuls à la maison! Adèle et moi, on s'est assis sur les marches de la véranda, pas très, très rassurés.

— Qu'est-ce qu'on va faire, Charlie? me demandait-elle toutes les deux minutes. On n'abandonne pas des jeunes enfants!

En fait, nous n'avions jamais vu Caroline dans cet état. Ni moi ni Adèle ne sommes des anges, d'accord. Mais sa réaction nous paraissait exagérée.

— Maman me félicite toujours quand je fais des chefs-d'oeuvre, continuait Adèle. Je ne comprends pas pourquoi Caroline est partie en claquant la porte.

— Tu as raison, lui dis-je. Elle n'avait pas le droit de faire ça.

J'étais inquiet. Non pas d'être seul à la maison, mais plutôt de la réaction de

Jean-Philippe et de Dominique à leur retour. Ces derniers temps, ils avaient pris l'habitude de défendre Caroline.

«Si vous continuez de casser les pieds de votre grande soeur, avait même menacé Jean-Philippe, ça finira mal!»

Adèle était complètement paralysée. Sans Caroline dans les parages, elle restait accrochée à moi sur la première marche de la véranda. Je n'étais pas certain de vouloir jouer les grands frères!

— Si on appelait les pompiers? proposa-t-elle.

— Ah non, surtout pas les pompiers!

Son petit côté bébé m'énervait. Au fond, j'étais bien content quand Caroline s'en occupait.

— Qu'est-ce que tu as contre les pompiers? Ils sont déjà venus pour toi! Ils peuvent le faire pour moi aussi!

J'ai dû lui tenir la main jusqu'à ce que nos parents reviennent. Nous n'avons rien dit au début. Mais quand Dominique a vu la peinture bleue sur le plancher du corridor, elle a vite compris que quelque chose s'était passé.

***

Blottis derrière la porte menant au sous-sol, Adèle et moi avions une vue parfaite sur le fond du jardin. Assises sur la balançoire, Dominique et Caroline se parlaient entre femmes. Nous ne pouvions pas entendre leur conversation, mais chose certaine, Dominique n'était pas très contente.

Bien sûr, Adèle avait fait un dégât épouvantable dans le corridor. Eh oui! une fois encore, je m'étais précipité sur l'ordinateur de Jean-Philippe, sans sa permission. Ce n'était quand même pas une raison pour abandonner deux jeunes enfants à leur sort! Dominique s'entêtait. Caroline se défendait tant bien que mal. Au bout du compte, elle se mit à pleurer.

— On a peut-être exagéré, ai-je dit à Adèle.

— Ça veut dire quoi, exagérer?

— Avec toutes nos bêtises, c'est normal que Caroline en ait assez.

— Je ne pourrai plus faire de peinture?

— Si tu peins sur du papier, peut-être. Mais sur le plancher du corridor, ce n'est pas une bonne idée!

Tout à coup, Caroline a cessé de pleurer. Elle avait une main sur le coeur et les yeux

tout brillants. Dominique était émue. Elle lui a même passé un bras autour du cou et l'a serrée très fort.

— Tiens, c'est terminé. Maman n'est plus fâchée, a déclaré ma petite soeur.

Rien n'échappe à Adèle. On croit qu'elle ne voit rien, qu'elle ne comprend rien du haut de ses sept ans, mais elle n'en rate pas une. Dominique s'était métamorphosée. Elle entourait sa fille et semblait tellement contente, tellement heureuse pour elle!

Pendant dix bonnes minutes, nous les avons épiées. Un changement de cap étonnant! Lorsqu'elles sont rentrées, elles se tenaient bras dessus, bras dessous et ne cessaient de rigoler.

— Je me demande quelle histoire Caroline a bien pu inventer pour s'en tirer aussi facilement, a murmuré Adèle.

Chapitre III
Le congé sabbatique

Quand je suis sortie de ma chambre, le lendemain matin, Charlie m'a vite rattrapée dans le corridor. Il me tournait autour et me pressait de questions:

— Caroline! Qu'est-ce que tu lui as dit à Dominique hier, dans le jardin? Comment as-tu fait pour qu'elle change d'humeur aussi rapidement?

Il était rongé par la curiosité. De toute évidence, cette affaire le dépassait, mais une surprise encore plus grande l'attendait au petit déjeuner. Lorsque tout le monde fut rassemblé autour de la table, Jean-Philippe se cala dans sa chaise en s'éclaircissant la voix:

— J'ai quelque chose à vous annoncer... Euh! j'ai pris une décision et je crois que le moment est venu de vous en faire part.

Charlie et Adèle se sont regardés, l'air inquiet, alors que Dominique me faisait un clin d'oeil.

— J'ai décidé de prendre un congé sabbatique. Je vais passer les prochains mois à la maison pour me reposer.

— Pour te reposer de quoi? a demandé Charlie.

— Du travail. Je veux lire et m'occuper un peu de vous. Nous ne nous sommes pas tellement vus ces derniers temps.

Espiègle comme toujours, Adèle a rétorqué:

— Tu penses que tu te reposeras en restant à la maison?

— Oui, pourquoi pas? a répondu Jean-Philippe.

Dominique faisait des efforts pour ne pas rire. Comme j'étais au courant, je gardais le nez dans mon chocolat chaud.

— Ce ne serait pas plutôt pour mieux nous surveiller? a demandé Charlie, d'un petit air innocent.

— Non, non, pas du tout. J'ai beaucoup travaillé depuis quelques mois. Je veux reprendre mon souffle! J'ai besoin de me ressourcer.

— Et toi aussi, tu vas prendre un congé? a ajouté Adèle en se tournant vers Dominique.

— Non. Moi, je vais continuer à travailler. Je suis débordée en ce moment au bureau. Je prendrai des vacances plus tard.

Charlie et Adèle n'en menaient pas large. Cette nouvelle ne les enchantait pas. Ce congé sabbatique marquait la fin de la récréation.

— Les parents de François, mon copain, ils ont fait un voyage en Floride. C'est bien, la Floride, pour se reposer.

— Eh bien, moi, je vais rester ici!

Le ton de Jean-Philippe était ferme et sans recours. Mais Adèle continuait d'insister:

— Quand on est fatigué, il faut se coucher de bonne heure. C'est maman qui l'a dit. Pas vrai?

Dominique se garda bien de répondre.

— On peut aussi prendre un congé sabbatique, trancha Jean-Philippe. Ça donne le même résultat.

Charlie se tourna vers moi. Il croyait probablement que j'étais dans le coup, que j'avais eu un mot à dire dans cette décision. Il n'en était rien. Tout au plus, j'avais été avertie la veille.

— Est-ce que je pourrai continuer à créer des chefs-d'oeuvre avec un papa sabbatique? s'est inquiétée Adèle. Est-ce que je ferai encore de la peinture ou ma carrière est-elle terminée?

Jean-Philippe l'a vite rassurée. Nous avons rigolé un moment autour de la table, même s'il était bien évident qu'un vent de changement soufflait sur la famille Boyer. Rien ne serait plus pareil à la maison.

Chapitre IV
Le complot

— Je ne comprends pas, Charlie! S'il te plaît, explique-moi! Pourquoi ce serait un coup monté?

— Parce que Caroline et Dominique ont discuté au fond du jardin. Elles ont un projet et elles ne veulent pas nous le dire!

— C'est quoi, un projet?

Ma petite sœur tenait sa poupée Maryse dans ses mains et me bombardait de questions. J'avais peine à croire qu'elle était ma seule alliée dans cette affaire.

— Un projet, c'est quelque chose que les autres préparent sans nous.

— Eh bien, il faut qu'on fasse quelque chose sans eux, nous aussi!

Après ce petit déjeuner fatal, nous nous étions retrouvés dans ma chambre. Au bout de trois minutes pourtant, je lui demandai de partir; son petit côté bébé m'énervait au plus haut point.

Seul, j'arrivais à peu près à réfléchir. En

fait, j'en voulais à Caroline d'avoir changé de camp. D'être du côté des parents, maintenant. Des idées sombres me trottaient dans la tête lorsque, tout à coup, Adèle rappliqua:

— Elle écrit dans un livre! Je l'ai vue! Et quand elle a fini, elle cache son livre dans un coffret qu'elle referme à clef. C'est peut-être ça, son projet!

La petite mêlait tout, mais elle était pleine de bonnes intentions. En la questionnant, je compris que Caroline tenait un journal intime qu'elle gardait loin des regards indiscrets.

Pis encore, elle et Jean-Philippe étaient plus copains que jamais depuis l'annonce de l'année sabbatique. Un peu plus tard, par la fenêtre de ma chambre, on les vit monter dans la voiture en rigolant.

— C'est un complot, annonçai-je.

— Je croyais que c'était un projet, objecta Adèle.

— Un complot, c'est un projet, mais en pire. Et ils font cela pour nous punir, j'en mettrais ma main au feu.

— Un complot...

— Jean-Philippe qui traîne à la maison pour nous surveiller. Caroline et son jour-

nal intime. Sans parler de toutes les sorties qu'elle fait. Il y a quelque chose de louche là-dedans.

Adèle prenait son rôle «d'enquêteuse» au sérieux. Serrant sa poupée Maryse dans ses bras, elle résuma l'affaire:

— Si je comprends bien, on a exagéré et ils ont décidé de nous punir avec un complot sabbatique. C'est bien ça?

L'effort était louable, pourtant elle continuait de tout confondre. J'allais lui conseiller d'oublier cette affaire et de

retourner jouer dans sa chambre, lorsqu'elle proposa:

— Allons chercher le livre dans la chambre de Caroline. Je crois que j'ai vu où elle cache la clef. On pourrait le lire ensemble, hein?

— Moi, lire... Mais ce n'est pas poli de lire ce que les autres écrivent pour eux-mêmes.

— Alors nous ne saurons jamais pourquoi ils font ces projets contre nous, s'inquiéta Adèle.

Elle avait tellement de choses à apprendre, la petite. Il fallait l'encourager. Elle était, après tout, la seule personne sur laquelle je pouvais compter.

— Si on garde l'oeil ouvert, je suis sûr qu'on les déjouera.

Adèle était ravie d'être avec moi dans cette affaire. D'un seul coup, elle était devenue une grande.

Chapitre V
La police

C'était une soirée comme il y en a peu chez nous. Le calme plat, un vendredi soir! Jean-Philippe était en congé sabbatique depuis une semaine déjà, et je commençais à me demander si la vie serait toujours aussi monotone.

Dominique passait en revue des photos de mode étalées sur la table à café. Adèle faisait je ne sais trop quoi avec Maryse, Jean-Philippe lisait un roman et Caroline était sortie. Elle avait enfilé une robe toute neuve et Dominique l'avait reconduite en voiture. Depuis l'annonce du congé sabbatique, elle ne nous avait pas gardés une seule fois!

Un vendredi ennuyeux comme la pluie! Mais tout bascula grâce à un seul coup de téléphone. Jean-Philippe venait de répondre. On a entendu un grésillement à l'autre bout du fil et il s'est redressé dans son fauteuil:

— La police?

Dominique s'est retournée. Elle l'interrogeait du regard. Il a fait un signe de la main, comme pour minimiser la chose:

— Je viens tout de suite! J'arrive.

Après avoir raccroché, il s'est efforcé de rester calme. Sans succès, d'ailleurs. J'ai bien vu que quelque chose ne tournait pas rond. Il s'est approché de Dominique et l'a embrassée sur la joue en lui chuchotant quelque chose à l'oreille. Elle a fait signe que oui, puis elle s'est tournée vers nous:

— Bon, il est tard, les enfants. Il faudrait aller se coucher maintenant.

Pendant qu'Adèle rouspétait, j'ai filé vers ma chambre en jouant les enfants modèles. En fait, je suivais mon père.

— Tu as entendu, Adèle? reprenait Dominique. Au lit!

Dans la cuisine, Jean-Philippe, de plus en plus agité, a enfilé son veston. Il cherchait les clefs de la voiture. C'est alors qu'Adèle est arrivée derrière moi en disant:

— Tu as entendu, Charlie? La police a téléphoné. Je suis certaine qu'ils ont attrapé Caroline.

— Attrapé pour quelle raison? ai-je demandé.

— Un complot. Je suis sûre qu'elle a fait un complot. Depuis qu'elle ne nous garde plus, elle nous cache quelque chose.

— Non, je ne crois pas. Jean-Philippe serait beaucoup plus inquiet.

— Comme il est très sabbatique en ce moment, il est moins nerveux. Tu as vu, il a murmuré quelque chose à l'oreille de maman. Caroline s'est fait arrêter par la police!

Cette fois, la petite exagérait. Ces histoires de complot commençaient à lui monter à la tête!

— Ce n'est sûrement pas si grave.

— On verra bien, marmonna-t-elle en regagnant sa chambre. Il se passe de drôles de choses dans cette maison depuis une semaine.

J'étais du même avis. Notre vie était méconnaissable depuis l'annonce du congé sabbatique. Et j'en voulais à Caroline de ne plus me parler! De ne rien me dire. Mais de là à lui souhaiter des ennuis avec la police, c'était une autre paire de manches.

Chapitre VI
Les fleurs du mal

La voiture de Jean-Philippe grimpa la petite route menant à l'usine d'épuration d'eau et s'arrêta devant le lac artificiel. Il descendit en catastrophe et fonça vers la maison du capitaine Santerre où il entra sans frapper.

Le gardien de nuit de l'usine était effondré dans un des fauteuils de sa minuscule demeure et il se tenait la tête à deux mains.

— C'est sûrement une erreur, répétait-il. Ils se sont certainement trompés! Je n'ai rien fait de mal!

Jamais Jean-Philippe n'avait vu son ami dans un état pareil. Le capitaine, qui parlait à voix basse, lui montra une feuille de papier sur la table.

— J'ai reçu cette lettre du ministère de l'Agriculture. On m'accuse d'avoir importé illégalement des plantes. Incroyable!

Le pauvre homme avait la voix presque

éteinte. Les épaules affaissées, il regardait le plancher et racontait son histoire en hochant la tête.

— Il y a, paraît-il, des lois très strictes à ce sujet au pays, pour éviter que les maladies ne se répandent. Chaque fois qu'on importe une plante, il faut obtenir l'approbation du ministère de l'Agriculture.

Jean-Philippe prit la lettre que lui pointait le capitaine Santerre et la lut en vitesse. C'était tout un personnage, ce vieil ami de la famille! Il avait bourlingué pendant des années sur les mers lointaines avant de s'installer ici, devant le lac artificiel.

Passionné d'horticulture, il cultivait ses Éphémères éternelles dans les souterrains de l'usine d'épuration d'eau. À sa grande surprise, cette variété de cactus, ramenée du bout du monde, n'avait cessé de se multiplier dans les profondeurs des tunnels.

— Sûrement un coup du directeur de l'usine, précisa-t-il. On a eu une discussion, l'autre jour, qui s'est plutôt mal terminée.

Tout en relisant le dernier paragraphe de la lettre, Jean-Philippe marchait de long en large dans la petite maison. Le ministère y évoquait la possibilité de détruire les fleurs

36

du capitaine.

— Je crois qu'il en a eu assez de voir mes Éphémères embellir la noirceur de son usine. Quand je lui ai avoué que mes fleurs étaient entrées au pays par des voies détournées, il a fait tout un scandale! Ce matin, j'ai reçu cette lettre...

— Au téléphone, vous parliez de la police, lui rappela Jean-Philippe.

— Le ministère de l'Agriculture ou la police, c'est la même chose!

Jean-Philippe posa la lettre sur le coin de la table et vint s'asseoir près du capitaine. En réfléchissant un peu, on trouverait bien une solution. Mais le pauvre homme était tellement triste! Il fallait d'abord le réconforter.

— Ne vous laissez pas abattre comme ça. Je vais vous aider.

— L'usine risque la contamination, m'a affirmé le directeur. J'ai proposé de les transplanter ailleurs. Il m'a dit que c'était trop tard, qu'il faudrait dorénavant m'expliquer avec les gens du ministère.

— Quand doivent-ils venir?

— Demain... ou lundi, au plus tard.

— Et vous en avez combien, de ces fleurs?

— Venez voir!

Le capitaine Santerre s'arracha péniblement de son fauteuil, ouvrit la porte de sa petite maison et s'avança vers le lac artificiel. Jean-Philippe le suivait en répétant:

— Il y a moyen de faire quelque chose! Elles sont tellement belles. Et tellement rares, aussi. Ce serait scandaleux de les détruire.

— J'étais sûr de pouvoir compter sur vous. Pas besoin de les sauver toutes. Seulement quelques-unes...

Les deux hommes marchèrent un moment sur le bord du lac, puis s'arrêtèrent

devant l'escalier menant au tunnel souterrain. Jean-Philippe souriait maintenant,
dans la pénombre. Rassurant, il tapotait
l'épaule du capitaine:

— Je suis en congé sabbatique en ce
moment. Un petit peu de jardinage ne me
ferait pas de tort.

Le capitaine n'était pas certain de bien
comprendre. Il l'invita tout de même à
descendre admirer son trésor. De l'autre
côté des portes rouges, le vieil homme cher-
cha l'interrupteur à tâtons. Lorsque la lumière se fit, Jean-Philippe s'émerveilla:

— Elles me font toujours le même effet, vos Éphémères! Chaque fois, je me demande comment elles font pour survivre
dans cet endroit.

Il y avait une bonne dizaine de carrés de
fleurs dans la petite pièce voûtée. Chaque
fleur était accrochée à son caillou et bril-
lait d'un rouge lumineux. Jean-Philippe
s'agenouilla pour les admirer de plus près,
puis il répéta:

— Je vais vous aider, capitaine. Je vais
vous aider, promis. Ce soir, je dois passer
prendre Caroline, mais demain matin, très
tôt, je reviendrai. On ne les laissera pas
faire!

Le capitaine Santerre poussa un long soupir. Il avait peut-être exagéré en évoquant la police, au téléphone. Peu importe, son appel à l'aide avait été reçu.

Chapitre VII
Les robes de Caroline

En entendant la voiture de Jean-Philippe entrer dans la cour, je suis sorti de ma chambre. Le corridor était sombre. J'ai donc pu m'approcher de la cuisine sans me faire remarquer. Dominique l'attendait devant la porte et, dès que Caroline est apparue, elle l'a prise dans ses bras.

— Alors, tout s'est bien passé? lui a-t-elle demandé.

Caroline faisait signe que oui, l'air gêné. Adèle a susurré derrière moi:

— C'est incroyable! Elle revient du poste de police et Dominique lui demande si ça s'est bien passé!

Adèle étranglait littéralement sa poupée Maryse tellement elle trouvait la situation injuste.

— Dire que quand je renverse de la peinture sur le plancher, elle fait toute une histoire!

— Je ne suis pas sûr qu'elle revienne

du poste de police, ai-je soufflé.

— Tu n'as pas entendu, au téléphone? Et regarde la tête qu'elle fait. Caroline n'est pas timide, d'habitude.

Elle avait un drôle d'air, notre grande soeur. Quand Jean-Philippe lui a posé une question, elle s'est mise à rougir. On ne l'avait jamais vue comme ça, Adèle et moi.

— Ne restons pas ici. Ils vont nous entendre.

On est vite retournés dans ma chambre. Dès que la porte a été refermée, Adèle s'est vidé le coeur:

— Tous les jours, Jean-Philippe la reconduit quelque part. Elle ne nous regarde plus, elle ne nous parle plus et maman lui achète de nouvelles robes.

Ça tournait à cent à l'heure dans la tête de ma petite soeur.

— C'est à cause du complot s'il y a eu cet appel de la police. J'en suis certaine.

— Quel complot? Tu vas un peu vite, je trouve!

Peu importe, elle voyait bien comme moi que tout changeait autour de nous. Que tout basculait.

— Retourne te coucher, Adèle. On y verra plus clair demain!

Elle m'a regardé d'un drôle d'air et s'est éloignée en haussant les épaules:

— Un complot, ce n'est pas difficile à reconnaître quand on en voit un!

Chapitre VIII
Le sous-sol

Le jour était à peine levé que Jean-Philippe était au travail. Il avait stationné sa voiture devant la porte du sous-sol et transportait de lourds cageots de bois remplis des fleurs du capitaine. Charlie et Adèle dormaient toujours. De la fenêtre de ma chambre, je pouvais l'apercevoir.

En me frottant les yeux, je suis sortie voir ce qu'il fabriquait:

— Viens, Caroline. Il faut tout descendre au sous-sol.

Sans poser de questions, je l'ai aidé à transporter deux de ces grosses boîtes. Les Éphémères éternelles étaient magnifiques dans leur robe rouge. Quelle chance d'avoir de si belles fleurs à la maison! Mais ce déménagement matinal me semblait pour le moins suspect. Au troisième cageot, Jean-Philippe s'arrêta pour reprendre son souffle:

— Le directeur de l'usine fait des

misères au capitaine. Comme les Éphémères sont entrées au pays de façon plus ou moins régulière, il a fait un rapport au ministère de l'Agriculture...

— Et alors?

— Des agents doivent se présenter à l'usine d'un jour à l'autre. En principe, ils ont le droit de tout détruire, pour éviter la contamination ou je ne sais trop quoi.

Je n'en croyais pas mes oreilles. Jean-Philippe transformait illégalement le sous-sol de notre maison en refuge pour fleurs délinquantes.

— Tu commets une erreur! Si le ministère de l'Agriculture veut examiner les fleurs du capitaine, il a sûrement de bonnes raisons. Il faut le laisser faire son travail.

— Le capitaine était tellement malheureux quand je l'ai vu, hier soir!

— Mais Jean-Philippe, ce n'est pas très bien! Si Charlie ou Adèle faisaient une chose pareille, tu les gronderais. Tu les mettrais en quarantaine.

— Ces fleurs viennent du bout du monde. Il les a transplantées dans le tunnel de l'usine et il s'en occupe comme si elles étaient ses enfants. Pauvre homme! Il ne s'en remettrait pas si on les détruisait.

— Et la loi? Qu'est-ce que tu fais de la loi? Tu dis toujours que personne n'est au-dessus des lois!

— C'est pour quelques jours seulement, le temps de voir comment ça va se passer. Le capitaine en a gardé quelques douzaines à l'usine pour les montrer aux agents du ministère de l'Agriculture.

— Et si ces plantes étaient vraiment dangereuses?

Jean-Philippe était à court d'arguments. Il balbutiait, il haussait les épaules, mais il n'essayait plus de me convaincre. Tout au plus, il souffla:

— Nous lui devons au moins ça, au capitaine Santerre.

Il restait six ou sept cageots de fleurs dans la voiture. Elles semblaient inoffensives, presque innocentes même. Jean-Philippe insistait:

— Je suis sûr qu'on ne fait rien de mal, à part aider notre ami. Et si elles représentent un danger, je te jure de les rendre.

Il était sincère. Je savais que les intentions de Jean-Philippe n'étaient pas mauvaises. Sans plus discuter, je l'aidai à descendre les derniers cageots.

Les Éphémères éternelles avaient quelque chose de magique. Ce rouge flamboyant et ces petites racines qui s'accrochaient, chacune à son caillou. Toute cette affaire n'était qu'une tempête dans un verre d'eau. Les fleurs n'avaient sûrement rien de menaçant et les agents du ministère de l'Agriculture s'émerveilleraient eux aussi devant leur splendeur.

— Tu as sûrement raison, ai-je fini par admettre. Ces fleurs ne représentent aucun danger. Et tu as bien fait de les apporter ici.

Jean-Philippe était ravi que je l'appuie dans cette entreprise plutôt bizarre.

— J'aimerais que cela reste entre nous, insista-t-il. Pas un mot à Charlie ni à Adèle. Tout pourrait devenir tellement compliqué!

— Bien sûr! lui ai-je promis. Motus et bouche cousue! Tu ne crois pas qu'il faudrait les arroser, quand même? Elles ont l'air de manquer d'eau.

Chapitre IX
L'arrestation

Il fallait que je parle au capitaine Santerre. Il se passait tellement de choses chez
nous depuis que mon père était en congé
sabbatique! Je n'arrivais plus à m'y retrouver. Adèle voyait des complots partout.
Caroline nous parlait à peine. Dominique
ne cessait de lui acheter de nouvelles robes
et Jean-Philippe passait ses journées au
sous-sol, soi-disant pour faire du ménage.

Je me suis dit: «Mon Charlie, il ne te
reste même plus de temps pour faire des
bêtises! À quoi sert d'être un enfant, si on
ne peut plus s'amuser?» C'est pour cela
que je suis venu le voir. Seul le capitaine
Santerre, avec sa grande sagesse, pouvait
m'expliquer ce qui se passait.

Le problème, c'est que je ne l'ai pas trouvé dans sa petite maison tout près du lac
artificiel. J'ai eu beau regarder par les
fenêtres, scruter le lac, il n'était nulle part.
Mais j'ai vite remarqué une camionnette

avec des gyrophares, tout près de l'escalier menant au tunnel souterrain. Je me suis approché en me cachant derrière les bosquets et en me faisant tout petit.

À mon grand étonnement, deux hommes en uniforme chargeaient un cageot d'Éphémères éternelles dans leur camionnette. Le directeur de l'usine était là aussi. Et il sermonnait le capitaine.

— Il y avait des centaines de fleurs l'autre jour, lorsque je suis venu, assurait-il. Ne me dites pas qu'elles se sont envolées!

— J'ai eu beaucoup de pertes dernièrement, répondit le capitaine. Mes Éphémères sont des fleurs très fragiles, vous savez.

— Je veux bien le croire! Mais les cageots? Où sont les cageots?

Les deux hommes en uniforme semblaient moins impatients que le directeur de l'usine. Pourtant, ils étaient tout aussi intrigués par cette affaire.

— C'est vraiment tout ce que vous avez importé au pays? Deux douzaines de fleurs?

— Comme je l'ai dit à monsieur le directeur, j'en avais beaucoup plus, mais dernièrement, j'ai eu toutes sortes de problèmes...

— Écoutez, il va falloir éclaircir cette affaire, reprenait le directeur. Je les ai vues, de mes yeux vues. Elles engorgeaient le sas. Il y a quelque chose de louche là-dessous!

Les deux hommes étaient embêtés. Après avoir chargé une deuxième boîte de fleurs, ils refermèrent le hayon de leur camionnette et demandèrent au capitaine de signer un formulaire.

Je m'étais approché, pour bien entendre, mais la situation était de plus en plus confuse. Autant le directeur de l'usine était furieux, autant les deux hommes en uniforme étaient polis. Bientôt, l'un d'eux invita le capitaine Santerre à les suivre:

— On aurait quelques questions à vous poser, disait-il.

Pendant qu'un des hommes ouvrait la portière de la camionnette et que le capitaine se glissait sur la banquette arrière, je compris qu'on venait de l'arrêter. Les deux «policiers» montèrent devant et la camionnette s'éloigna rapidement.

C'était épouvantable! Je ne savais plus où donner de la tête. Le directeur de l'usine se frottait les mains devant l'escalier menant au tunnel et je pris mes jambes à mon cou. Pas question de me faire arrêter moi aussi.

***

En rentrant à la maison, je me suis précipité dans ma chambre. J'ai tourné en rond un moment, puis Adèle est venue frapper à ma porte.

Je n'étais pas certain de vouloir lui parler. Elle imaginerait le pire. Elle mêlait tout. Mais je ne pouvais plus tenir ma langue. J'ai tout déballé:

— Ils ont arrêté le capitaine! Je les ai vus! Il y avait deux policiers et le directeur de l'usine.

— Je le savais, a-t-elle déclaré, comme si rien ne l'étonnait.

— Il faut faire quelque chose!

— On devrait peut-être en parler à papa!

— Non, non! S'il apprend que je suis allé à l'usine d'épuration d'eau sans sa permission, il va faire des histoires.

— Tu as raison. Il ne faut pas tout mêler.

J'allais de surprise en étonnement. Si Caroline était devenue une autre personne depuis une semaine, on pouvait en dire autant de ma petite soeur Adèle. Bien qu'elle soit encore accrochée à sa poupée Maryse, elle n'avait plus rien du bébé qu'elle avait été.

— Je veux te parler d'autre chose, m'a-t-elle annoncé.

La petite menait vraiment enquête. C'était amusant, mais je continuais à regretter Caroline et la complicité qui nous avait liés pendant longtemps.

— La porte du sous-sol est fermée à clef depuis quelques jours. Jean-Philippe dit qu'il fait du ménage. Pourtant, chaque fois qu'il y descend, il tient un arrosoir et il fait une drôle de tête.

Moi aussi, j'avais remarqué. Mais l'année sabbatique, les jolies robes et les silences de Caroline m'avaient un peu distrait.

— Mon Charlie, je crois qu'on n'a plus le choix, m'a-t-elle confié gravement. Pour comprendre ce qui se passe, il faudra être plus rusés qu'eux.

Après les complots, la ruse! J'étais impressionné par l'énergie que déployait Adèle. Par la détermination qu'elle manifestait aussi.

— Viens, j'ai une idée!

L'arrestation du capitaine Santerre continuait à me chicoter. Tout était flou dans ma tête, mais j'étais persuadé qu'Adèle m'aiderait à démêler cette affaire. Trois semaines plus tôt, j'aurais ri si on m'avait annoncé qu'elle deviendrait ma complice. Maintenant, je ne pouvais plus me passer d'elle.

Nous sommes sortis de ma chambre comme si de rien n'était, pour entrer nonchalamment dans la cuisine. Malheureusement, Jean-Philippe nous a tout de suite interceptés:

— Je dois reconduire Caroline. J'en ai pour dix minutes. Vous ne faites pas de bêtises, hein? Et s'il y a quelque chose, Dominique est dans son bureau.

On a fait signe que oui et la princesse est apparue. Caroline avait encore une nouvelle robe. Elle arborait son petit air timide et, nouveauté, elle était maquillée. Adèle et moi les avons criblés de questions, bien sûr, mais ils ont refusé de nous avouer leur destination. Lorsqu'ils sont montés dans la voiture, quelques minutes plus tard, ils rigolaient comme des bons.

— Adèle, je commence à croire que tu as raison. Il y a vraiment une conspiration, ici.

— Conspiration?

— C'est comme un complot, mais cent fois pire!

— Bon! a-t-elle soupiré. Enfin quelqu'un qui me prend au sérieux dans cette maison!

Chapitre X
La clef

J'étais dans ma chambre, étendu par terre entre le lit et ma table de travail. Je jonglais avec les morceaux de ce casse-tête, en songeant que je finirais bien par y mettre de l'ordre un jour. Triomphante, Adèle est entrée en trombe.

— Regarde ce que j'ai trouvé!

Elle brandissait une clef, comme s'il s'agissait d'un trésor.

— Elle était cachée dans le placard de la cuisine. C'est la clef du sous-sol.

Elle proposait de visiter les lieux, d'inspecter les travaux de Jean-Philippe pour lui donner une bonne ou une mauvaise note.

— J'ai peur d'y aller toute seule. Il fait noir en bas. Viendrais-tu avec moi?

J'étais plus ou moins intéressé. J'aurais préféré parler à Caroline, lui demander franchement ce qui se passait et peut-être mettre un terme à ce jeu de cache-cache qui nous éloignait de plus en plus.

— Viens, supplia-t-elle. Je suis sûre que nous allons découvrir quelque chose...

La vie était devenue trop sérieuse. Il me semblait que cela faisait des jours qu'on n'avait plus rigolé. Plus de bêtises depuis que Jean-Philippe rôdait dans la maison.

— Allez! viens, insista-t-elle.

La porte du sous-sol grinça péniblement. Adèle me poussait devant. Elle s'accrochait à mon pantalon et me répétait de ne pas avoir peur. J'ai mis un moment à trouver l'interrupteur. Quand la lumière s'est faite, un frisson m'a parcouru le dos.

— Les fleurs du capitaine! me suis-je exclamé.

— Qu'est-ce qu'elles font ici? On dirait qu'elles sont malades!

Je me suis avancé en comptant les cageots. Il y en avait une bonne dizaine. Le capitaine avait donc menti la veille, lorsque les policiers l'avaient arrêté. Il disait avoir perdu beaucoup de fleurs. Pourquoi au juste?

— C'est ça qu'ils fabriquent, Caroline et Jean-Philippe, commenta Adèle. Je savais bien qu'ils nous cachaient quelque chose.

— Pourquoi les fleurs sont-elles ici?

J'étais penché au-dessus des Éphémères éternelles. Les pauvres n'allaient pas très bien. Les cailloux qui soutenaient chacune des plantes étaient posés sur une terre boueuse et imbibée d'eau. Les tiges étaient molles, des pétales tombaient ici et là. Le rouge pourpre avait perdu de son brillant.

— Il faut les sortir d'ici. Elles doivent retourner dans le tunnel de l'usine d'épuration d'eau. Sinon, elles vont mourir.

— Mais s'ils ont arrêté le capitaine, maugréa Adèle, comment veux-tu qu'on les ramène là-bas?

Elle avait bien raison. Et cette affaire me paraissait de plus en plus complexe. Jean-Philippe n'avait sûrement pas volé ces cageots. Le capitaine était sans doute dans le coup. Alors, pourquoi laissaient-ils dépérir les Éphémères dans le sous-sol de notre maison?

— Finalement, je commence à comprendre, décréta Adèle. C'est simple comme un jeu d'enfant!

— Ah oui? Et qu'est-ce que tu comprends? lui demandai-je.

— Eh bien, Caroline est passée du côté des grands! Elle fait un complot avec Jean-Philippe pour se donner de l'importance et pour payer ses belles robes. Les choses ont mal tourné et le capitaine s'est fait arrêter.

Son histoire ne tenait pas debout. Elle était arrivée à construire une phrase avec tous les éléments du puzzle, mais on n'y voyait pas beaucoup plus clair.

— En attendant, lui dis-je, les fleurs du capitaine sont en train de mourir. Il faut absolument faire quelque chose!

Pour une fois, nous étions du même avis. La mine triste, assis à l'indienne devant les cageots d'Éphémères, nous les avons regardées un long moment. Il fallait trouver une solution! Par contre, ni elle ni moi ne savions de quel côté chercher.

Chapitre XI
Un entrefilet

J'avais décidé de régler cette affaire. Au petit déjeuner, j'aborderais la question sans détour avec Jean-Philippe. Je lui demanderais s'il allait laisser dépérir les fleurs bien longtemps. Et pourquoi il n'avait pas défendu le vieil homme contre la police.

Une fois encore, Adèle me devança. En sortant de ma chambre, elle me tomba dessus, tout excitée:

— J'ai surpris Caroline. Elle était au téléphone avec quelqu'un.

— Et alors?

— C'était très mystérieux. Elle a un rendez-vous après l'école, sur le banc du capitaine, dans le parc. Je ne sais pas avec qui.

Je ne voyais pas très bien en quoi cela pouvait nous aider. Les Éphémères éternelles agonisaient au sous-sol. Il fallait concentrer nos efforts de ce côté.

— Elle parlait tout bas au téléphone. Il faudrait la suivre au parc. On en aurait le coeur net.

— J'aimerais que tu me laisses faire, demandai-je à ma petite soeur. Jean-Philippe va nous apporter la réponse. Il suffit de poser les bonnes questions.

Adèle n'était pas d'accord. Elle préférait suivre la piste du banc du capitaine. Mais le temps était compté. Si nous n'agissions pas au plus vite, c'était la mort des Éphémères éternelles que nous aurions sur la conscience.

Dans la cuisine, Dominique lisait distraitement le journal, alors que mon père préparait le petit déjeuner.

Je lui tournais autour, cherchant la meilleure façon de l'aborder, lorsque Dominique releva le nez:

— Tiens, ils parlent du capitaine dans le journal!

Elle pointait un entrefilet au bas de la page douze. Jean-Philippe s'est approché pour voir. Plus il lisait, plus il pâlissait. À un moment, j'ai même cru qu'il allait s'évanouir.

— Montre-moi ça! a-t-il grogné.

Nerveux, il a pris le journal des mains de Dominique et en a retiré le cahier dans lequel se trouvait l'entrefilet. Puis, il s'est éloigné.

— Faut surtout pas se gêner! a protesté Dominique.

Il n'entendait rien. Il avait l'air étourdi. Jamais je n'avais vu Jean-Philippe ainsi. Il s'est mis à bégayer en repliant la page du journal:

— Il faut que je donne un coup de fil. Je

reviens tout de suite.

Pauvre Jean-Philippe! Il est sorti de la cuisine comme si on lui courait après. Pendant une demi-heure, il est resté pendu au téléphone dans son bureau. J'ai interrogé Dominique. Je lui ai demandé de quoi il était question dans cet entrefilet. Elle s'est bien gardée de me répondre.

— Il faut se dépêcher, vous allez être en retard à l'école.

Caroline était maintenant aux fourneaux. Elle nous a fait un petit déjeuner en deux temps, trois mouvements, pendant que

Dominique allait rôder du côté du bureau. Côté mystère, nous étions servis!

Une fois encore, j'ai dû reconnaître qu'Adèle était la plus clairvoyante de nous tous. Depuis que Jean-Philippe était en congé, il n'y avait que deux mots pour décrire ce qui se passait: complot sabbatique! Et c'est elle qui l'avait démasqué.

Chapitre XII
Et la tendresse

Après ses nombreux coups de téléphone, Jean-Philippe a regagné le sous-sol. Convaincu que nous étions tous à l'école, il était penché au-dessus des cageots de fleurs, l'arrosoir à la main.

Les pauvres plantes dégoulinaient, mais lui ne se rendait compte de rien. Quand il levait les yeux, c'était pour relire le journal. Nous nous sommes approchés sur la pointe des pieds:

— Est-ce qu'on peut savoir ce qu'ils disent à propos du capitaine? ai-je demandé.

Il a failli tomber à la renverse. Furieux, il nous a transpercés du regard:

— Charlie! Adèle! Qu'est-ce que vous faites ici? Vous n'êtes pas en classe?

— On y est allés, mais on est revenus. Ce qui se passe ici est trop important.

Il s'apprêtait à nous gronder, mais Adèle a vite pris les devants.

— On veut savoir ce que tu fais en se-
cret avec Caroline.

— Avec Caroline? s'étonna-t-il. Rien
du tout.

— Et dans le journal, alors? L'article?

— Caroline n'a rien à voir là-dedans.

Voyant qu'il ne s'en tirerait pas avec
une pirouette, il a baissé les épaules:

— Ce n'est pas ce que vous croyez. Il
y a trois jours, j'ai proposé au capitaine
Santerre d'entreposer ses fleurs ici parce
qu'il avait des problèmes avec le directeur
de l'usine et le ministère de l'Agriculture.
Il craignait qu'on ne saisisse toutes ses
Éphémères et qu'on ne les détruise.

Je me suis approché des cageots de
fleurs. Les Éphémères éternelles trempaient
dans l'eau. Quelques-unes des plantes
avaient l'air mortes et d'autres n'en avaient
que pour quelques heures à vivre. Jean-
Philippe s'est éclairci la voix:

— Pour éviter le pire, je les ai appor-
tées ici. Ce n'était peut-être pas la chose à
faire. L'endroit ne leur convient pas.

— Et l'entrefilet dans le journal? ai-je
demandé.

— Bien, justement! Je ne comprends
rien. Selon l'article, les deux douzaines

d'Éphémères qui ont été saisies se trouvent maintenant au Jardin botanique. On parle d'une grande trouvaille. De spécimens très rares que les spécialistes étudient avec beaucoup d'intérêt. Pourtant, le capitaine ne m'a pas donné signe de vie. Il doit savoir que ses fleurs risquent de mourir. Je ne comprends pas.

Jean-Philippe était sincère. Il était même accablé par la situation. J'ai passé ma main sur les pétales rouges. J'avais l'impression de flatter un animal blessé.

— Mais Caroline? Et le complot sabbatique? Est-ce que quelqu'un va m'expliquer?

La question venait d'Adèle, bien sûr. La pauvre était tellement confuse!

— Le complot sabbatique? s'esclaffa Jean-Philippe. De quoi parles-tu?

Ce n'était plus le temps de discuter. Si nous ne passions pas à l'action, le plus grand enterrement d'Éphémères éternelles de l'histoire aurait lieu ici même, dans notre jardin.

— Il faut vite aller rejoindre le capitaine Santerre au Jardin botanique! Lui seul peut nous aider.

Je courais déjà vers la sortie, persuadé

que Jean-Philippe et Adèle me suivaient. Il n'en était rien. La petite avait toute l'attention de son père! Elle étalait ses théories abracadabrantes: Caroline passée chez les grands, le complot sabbatique pour se donner de l'importance et pour payer ses robes, le rendez-vous sur le banc du capitaine.

Jean-Philippe se tenait la tête. Il se demandait comment Adèle avait pu imaginer toutes ces choses, comment une si petite histoire avait pu prendre de telles proportions.

— Venez! leur lançai-je. Vous vous raconterez cela dans l'auto. Il faut absolument retrouver le capitaine Santerre.

Chapitre XIII
L'honneur

Jean-Philippe avait les traits tirés. Il roulait nerveusement sur un grand boulevard en ne cessant de répéter:

— Pourquoi le capitaine ne m'a-t-il pas donné de nouvelles? Pourquoi n'a-t-il pas téléphoné?

J'ignorais la réponse, bien sûr. Il y avait eu tant de mystère chez nous ces derniers temps! Même Adèle, malgré ses grands talents «d'enquêteuse», ne s'y retrouvait plus.

— Vous allez rester ici, les enfants, nous annonça Jean-Philippe en garant la voiture dans le stationnement du Jardin botanique.

— On n'est pas des enfants! me suis-je empressé de répondre.

Je ne suis pas certain qu'il ait entendu. Il hochait la tête, tout à ses pensées, et c'est à peine si on a refermé les portières en descendant de voiture.

— Restons calmes, disait-il. Restons calmes.

Pourtant, il était plus énervé que nous. En mettant le pied dans les bureaux de l'administration du Jardin botanique, il s'est mis à bégayer:

— Je suis... enfin, nous sommes les amis de monsieur Santerre... le capitaine Santerre. Nous voulons... comment dire, nous aimerions lui parler. Voyez-vous, les Éphémères éternelles dont on a parlé dans les journaux... eh bien! nous en avons des semblables chez nous... et elles sont en train de mourir.

Mlle Léger, la préposée aux projets spéciaux, ne semblait pas le croire. Elle fronçait les sourcils et dévisageait mon père comme s'il débarquait de la planète Mars.

— Vous savez, monsieur, ce sont des spécimens très rares. Vous avez peut-être des Nopals chez vous, mais sûrement pas des Éphémères éternelles.

— Je vous le jure, reprenait Jean-Philippe. Ce sont les mêmes.

— Monsieur Santerre nous en aurait parlé, objectait-elle. Il nous a déclaré que les Éphémères qui se trouvent ici sont les seules qui existent.

Cette jeune femme affichait une retenue professionnelle. Mais au fond, elle était très excitée par la nouvelle.

— Pourriez-vous patienter un instant? nous a-t-elle demandé. Je vais consulter mes collègues.

Mlle Léger est sortie en coup de vent. Cinq minutes plus tard, il y avait tout un attroupement. Des chercheurs, des techniciens et des jardiniers. Déjà, ils organisaient une expédition à la maison pour vérifier les dires de Jean-Philippe.

Ce n'est qu'un peu plus tard qu'on a retrouvé le capitaine. Il était dans une grande serre, un peu à l'écart, au fond du Jardin botanique. Agenouillé devant un carré de fleurs, les deux mains dans la terre noire, il cajolait ses Éphémères éternelles.

— Elles vont s'en tirer, chuchotait-il. Les conditions sont idéales, ici! Je suis heureux qu'elles aient trouvé une nouvelle demeure.

Jean-Philippe s'est accroupi tout près du vieil homme. Il l'a pris dans ses bras et l'a serré très fort:

— Pourquoi n'avez-vous pas téléphoné? Pourquoi ce silence incompréhensible?

Le capitaine était confus. Il secouait la

tête, visiblement ému, et il balbutia diffici-
lement:

— Je n'aurais pas dû accepter votre pro-
position de garder mes fleurs. J'ai commis
l'erreur de vous entraîner dans cette affaire.

— Non, non, disait Jean-Philippe. Je l'ai
fait pour vous aider. C'était de bon coeur.

— C'était une question d'honneur! Je
n'allais tout de même pas vous dénoncer!

Adèle, qui retenait sa langue depuis un
moment, ne put s'empêcher d'ajouter:

— S'il n'y avait pas eu autant de ca-
chotteries depuis quelques jours, si tout le
monde s'était parlé un peu, nous n'en se-
rions pas là! Et puis, est-ce que quelqu'un
pourrait me dire quel rôle a joué Caroline
dans tout cela?

Jean-Philippe et le capitaine se sont retournés en même temps. D'une seule voix
et en retenant un petit rire, ils ont déclaré:

— Caroline n'a rien à voir là-dedans!

Chapitre XIV

Un refuge
pour les Éphémères

Ces techniciens du Jardin botanique sont arrivés à la maison en grande fanfare. On aurait dit qu'ils venaient récupérer le trésor des pharaons.

Jean-Philippe et le capitaine Santerre ouvraient la marche, alors que je dispensais quelques explications à ma petite soeur:

— Pourquoi y a-t-il toujours autant d'histoires autour des fleurs du capitaine? me demandait-elle.

— Parce qu'elles sont rares. Parce qu'elles sont très rares.

Mais Adèle n'en croyait rien, tellement elles étaient nombreuses dans les cageots. Une fois encore, elle était persuadée qu'on lui cachait quelque chose.

L'équipe du Jardin botanique sortait les fleurs avec d'infinies précautions. L'eau dégoulinait des caissons de bois tellement Jean-Philippe les avait arrosées. Peu importe, Mlle Léger jubilait.

— Nous vous devons une fière chandelle, capitaine, répétait-elle. Il nous aurait fallu des années de recherche avant d'arriver à un résultat comme celui-là.

— Je sais que vous allez en prendre soin, répondit le vieil homme avec un certain soulagement.

Une fois les fleurs entassées dans la camionnette, Mlle Léger demanda au capitaine de signer un formulaire en trois copies.

En échange de ses fleurs, la plainte du ministère de l'Agriculture serait retirée. En plus, on lui donnerait un petit montant d'argent et on glisserait un bon mot au directeur de l'usine pour qu'on lui redonne son emploi.

— Les expériences que vous avez menées dans les souterrains de l'usine d'épuration d'eau nous seront d'une immense utilité, disait encore Mlle Léger. Vos fleurs ont acquis un niveau de résistance que nous cherchons à atteindre depuis longtemps.

Jean-Philippe était de plus en plus intrigué par l'enthousiasme de cette femme. Elle ne tarissait plus d'éloges envers les Éphémères du capitaine:

— Vous comprenez, c'est exactement le genre de plante que nous cherchons à développer pour ralentir la progression des déserts. Une végétation à fortes racines, pouvant être transplantée dans des endroits où il ne pousse plus rien depuis longtemps!

Le capitaine Santerre n'était pas peu fier. Malgré tous les problèmes que lui avait causés cette affaire, l'effort en valait la peine. Lorsque la camionnette du Jardin botanique repartit, le vieil homme cogna du talon, l'air de dire: «Mission accomplie». Jean-Philippe était toujours aussi perplexe:

— Il y a une chose que je ne comprends pas. Vos fleurs arrivent à vivre dans les tunnels de l'usine. Les gens du Jardin botanique veulent les transplanter dans le désert. Mais chez moi, elles ont failli crever!

— Vous les avez presque noyées, mon pauvre Jean-Philippe. Les Éphémères n'ont pratiquement pas besoin d'eau pour vivre!

Mon père était confus. Il gesticulait, il s'excusait et le capitaine riait de bon coeur. Au fond, cette histoire se terminait plutôt bien.

Le vieil homme avait de nouveaux amis au Jardin botanique. Il retrouverait son

emploi à l'usine, et ses Éphémères éternelles pourraient enfin vivre au grand jour, sans cacher leur beauté.

En fait, seule Adèle n'était pas satisfaite de la tournure des événements:

— On ne me dit jamais la vérité. On pense que je suis trop petite pour savoir! Je suis une grande, moi aussi, maintenant!

Chapitre XV
Le banc du capitaine

Adèle a tellement insisté que j'ai fini par l'accompagner au parc. Elle avait intercepté cette fameuse conversation entre Caroline et un inconnu, le matin même. Persuadée qu'une nouvelle intrigue se préparait, elle voulait voir de ses yeux!

Quelle ne fut pas notre surprise de découvrir que Caroline était avec Jean, un garçon de son âge qui rôdait autour d'elle depuis quelque temps, à l'école.

— Pourquoi se tiennent-ils par la main? a demandé Adèle.

Caroline, qui portait une autre de ses robes coquettes, nous a fait signe de partir. Elle était rouge comme une tomate. J'avais l'impression que tout cela ne nous regardait pas.

— Viens, ai-je indiqué à Adèle. Je t'expliquerai.

Ma petite soeur, qui voit des complots partout, voulait absolument rencontrer Jean.

— Ils veulent être ensemble, lui ai-je dit. Ils ne veulent pas être dérangés.

Elle ne comprenait rien, bien sûr. Elle voulait absolument savoir quel mauvais coup ils préparaient. Alors j'ai dû lui expliquer que Caroline était grande désormais, que ça s'était passé sans qu'on s'en aperçoive, et qu'elle vivait avec Jean une sorte d'histoire d'amour. Une première histoire d'amour.

En le lui disant sans détour, Adèle a tout de suite compris. Du coup, je me suis rendu compte qu'elle avait grandi, elle aussi. Elle n'avait plus rien d'un bébé.

En retournant à la maison, j'ai pris la main de ma petite grande soeur avec un brin de fierté. Peut-être Caroline était-elle passée chez les adolescents. Peut-être avait-elle un amoureux, mais moi j'avais une nouvelle amie. Adèle avait un peu mon âge maintenant!

Table des matières

Achevé d'imprimer
sur les presses de Litho Acme Inc.